KB213159

나를 사랑하는 시간

나를 사랑하는 시간

김현희 시집

롱트

나의 시는 쉬워요
나의 시는 어렵지 않아요
나의 시는 완벽하지 않아요

시는 눈으로 읽으면
눈이 아파해요
시는 마음으로 보아야 해요
보고 또 보고 예뻐해야 해요

비로소 시는 내게로 와요
비로소 시는 내 것이 되어요

「목 차」

작가의 말   4

PART I ─────────────────────────────

삭제할 수 없는 너   12
너만의 향기   14
파도는 포기할 수 없어   16
영원할 줄 알았어   17
길고양이   18
여름 바다   19
타인이 지옥이 되지 않았으면   20
모두가 사랑은 아냐   21
뭐가 그리 힘드냐고   22
비밀은 많다는 걸   23
사계의 사랑   24
나의 옥상   25
구름은 화가다   26
추파   27
마법   28
나를 일으켜줘   29
그대와 키스를 한다는 것은   31
너만 사라져   32
내게 날개를 달아줘   33
은세계   34

PART II ─────────────────────────────

이별을 완성해   36
네가 맞는지 묻고 있어   37
우리 매일 외식해요   38
미소년   39
태극기는 펄럭여야 아름답다   40
비는 계절의 감독관   41

널 기억하고 또 널 잊어가지   42

내 안에 그가 산다   43

연인들의 가을밤   44

투정일 뿐   45

차와 사랑에 빠진 날   47

인생의 계절   48

살갗의 그리움   51

집안일은 일회용이다   52

너에게로 가는 길   53

자작나무 아래 서면   54

나는 엉덩이로 시를 써요   55

나를 찾아줘   56

그 거리를 유지해   58

바람은 안다   59

PART Ⅲ

어머니 나의 어머니   62

세상의 소리를 막아   63

이 세상을 함께 잊어주겠니?   64

멀티한 전율   66

나의 소   67

엄마 목소리가 그립다   68

학교가는 꿈   69

심쿵 하게 만든다는 건   70

나를 사랑하는 시간   71

배드 걸   73

수리사 가는 길   74

엄마표 만두   75

안전 문자 그만하소   76

강원도는 좋겠소   77

그때는 몰랐다   78

숲속 친구들의 봄맞이   80

기대하지 마   82

떨어지는 젊음   84

첫 눈빛에서 사랑은   86

유행처럼 왔다가 사라진 사람들   87

도킹할 순 없나요?   88

PART IV

넌 오아시스   90

아우성   91

바보 곳토리와 V2   92

간사한 인간을 용서해   93

노을에 잠긴 도시   94

남겨짐은 고요하다   95

당신은 나의 시가 되었어요   96

변하지 않는 건   97

나이 듦을 느껴갈 때   98

이건 외로움일까   100

나는 나를 알아   101

사람의 가치   102

남의 집은 어려워요   103

영양제   104

봄 길을 걸어   105

중독   107

미니멀 라이프의 꿈   108

아름다운 일상   110

영원히 살 것처럼   112

PART V

어떤 기억   114

이 세상 다하는 날   115

정동진 밤 열차   116

엄마로 산다는 건   117
멀어지는 그리움   119
고목 나무에 날아든 매미   120
당신은 마약 같아   121
세상은 스마트한가   122
빗소리   123
더는 날 수 없게   124
단원 아이꽃   125
미망한 님아   128
봄이 오는 느낌   129
아카시아 샴푸   130
봄 봄   131
여자의 육감   132

PART VI

그대를 다시 만난다면   134
인생   135
사랑의 무게   136
사랑한다 말해요   137
금기된 그 무엇   138
저녁이 있는 삶   139
인간과의 관계   140
좌절을 보았다   141
너의 시간   142
기회의 순간   143
보고픔과 욕망   144
당신   145
사랑은 느끼는 거라고   146
거울   147
나를 느낄 수 있도록   148
걸어가 보자   149
너 없는 봄날   150

PART VII

용인 가는 길	152
내게 열중해 봐	153
음악의 선율처럼	154
님의 숨결	155
어제의 속삭임	156
고독	157
블루마린 향수	158
빨간 구두의 슬픔	159
사랑은 머물러 주지 않는다	160
갈망	161
불꽃의 향연	162
가을이 여름에게 묻는다	163
끌림	165
말 말	166
바보상자의 위력	168
욕망의 속삭임	170
고속버스를 타고	171
서점 안	173
인생 이게 다인가요?	174
시적 허용 속에서만	175

PART I

사랑, 마주할 때의 눈부심

지친 시간은 고개를 돌려 버렸다

🍀 삭제할 수 없는 너

모두가 미워하지 않는
서로가 배신하지 않는
함께 사랑하며 안녕하는
동화 같은 세계는 없어

모두가 나 같은 마음일 거라
상상했다면 실망할 거야
서로가 나처럼 이해할 거라
생각했다면 상처받을 거야

배신과 상처로 가슴에
굳은살이 박이고 못이 박혀도
또 잊고 또 버티고
우리는 꾸역꾸역 살아내고 있어

혼자 여행하고 혼자 영화 보고
혼밥 혼술이 늘어나고
감정 소모 없는 혼자가 편한 세상
그건 살기 위한 본능이야

그래도
가슴속 책갈피처럼 꽂혀있는 너
때론 함께하고 싶을 때 필요할 때 없는 너
그런 너를 마구마구 버리고 싶다가도
삭제할 수 없는 너다
혼자 살 수 없는 나다

🍀 너만의 향기

한낮 뜨거운 바람이
나를 설레게 한다

얇아진 옷에서
가슴을 요동치는 향기가
날린다

더 가까이 나는
너의 땀 냄새 살냄새
너만의 향기

더 가까이 나는
너의 심장소리 숨소리
나를 살게 해

너를 끌어안고 가슴에
스며들다 녹아들고 싶어

손에 땀이 나도
맞잡은 손은 놓을 수 없어

🍀 파도는 포기할 수 없어

하늘과 한 몸이 된 바다 수평선
보석을 뿌려놓은 듯 반짝이고

푹푹 빠지는 모래사장
너의 뒤를 따라 발자국을 포개어 걸어

사랑 한 조각 바다에 띄우고
모래에 러브체인을 채워

우리의 사랑은
파도에 쓸려갔다 돌아오고
밀당을 반복해

파도는 포기할 수 없어
바다에 다시 돌아올 거야

바다는 포기할 수 없어
파도를 사랑하잖아

🌼 영원할 줄 알았어

영원할 줄 알았어
함께할수록 쌓여가던 사랑의 마일리지가
멈춰지고 유효기간이 이미 지난 듯
설렘마저 무덤해져

영원할 줄 알았어
사랑의 징표로 표식을 해놓고
다시 오자던 그곳이 어딘지
기억마저 흐릿해져

영원할 줄 알았어
너의 땀 냄새까지 싫지 않았던
그 살결의 촉감도 잊은 듯
느낌마저 아득해져

우리만 아는 그곳에서 서성여
아직 싱그럽던 우리가 거기에 있어
다시 돌아갈 수도 없는데
마음마저 울적해져

🍀 길고양이

내가 살던 동네 길고양이를
이사한 곳에서 다시 보았다

너무 반가워 부르고 싶었지만
따라올까 봐 부르지 못했다

한 번 더 만나면 집사가 돼줄 텐데

그 이후로 다시는 나타나지 않았다
영역 동물인 고양이가 왜 이곳에

텃세에 밀려 쫓겨난 것인지
한동안 눈에 선했고 마음이 쓰였다

🌸 여름 바다

밤새 오묘한 오로라도 놀고 간
푸르다 못해 시린 코발트색 바다
밤하늘에 타임랩스를 건다

별들은 빙글빙글 하나둘 바다에
내려와 목욕을 한다

달도 바다에 일렁일렁 떠서
쉬어가는 잔잔하고 고요한 밤

한여름 쪽빛 하늘과
코발트색 바다가
서로 마주 보며
누가 더 예쁜지 뽐낸다

여름 바다의 낮과 밤은 연인들의
눈빛만큼이나 반짝이고
아름답다

🍀타인이 지옥이 되지 않았으면

지친 인간관계에 타인이 지옥이 되지 않았으면
평생 일만 하다 죽는 개미지옥에 빠지지 않았으면

나를 버린 당신 얼마나 잘 사는지 궁금해하지 않았으면
나로 인해 상처받은 누군가가 있다면 아프지 않기를

계단을 내려갈 때 무릎이 시큰대지 않고
계단을 오를 때 숨이 차지 않았으면

칼바람이 머리칼을 가르고 뼈를 파고드는
그런 겨울은 오지 않았으면

스무 살의 정신과 오십의 몸이 충돌하여
거울을 멀리해도 우울하지 않기를

쓸쓸한 저녁 감성의 늪에서 허우적대며
사랑의 블랙홀에 빠져 현실에 도망치지 않기를

🌸 모두가 사랑은 아냐

돌이켜보면 모두가 사랑은 아냐

민망한 몸짓과 흔들리는 눈빛

두근대는 심장

온몸으로 흐르는 전율

그것은

내 의지를 꺾는 본능이었다

뭐가 그리 힘드냐고

아직도 뭐가 그리 힘드냐고
아직도 뭐가 그리 부족하냐고

왜 그리 비싸게 구냐고
왜 그리 다 가지려 하냐고

그래봤자 세계로도 못 나가면서
조금만 건드려도 혼자 울 거면서

행복은 멀리 있는 게 아닌데
사랑은 복잡한 게 아닌데

마음에 그은 경계선을 한번 넘어봐
머리에 박힌 고지식함을 한번 깨 부셔봐

지금 당장 Right Now
자 이제 가는 거야 Let's GO

🌸 비밀은 많다는 걸

하루를 여는 순간부터 시작되는 비밀

나를 스쳐가는 저 차에도
바람을 타고 오는 비에도
태양을 가리는 구름에도
달빛이 비치는 강물에도
밤공기에 일렁이는 마음에도
깊어가는 밤의 유혹에도

비밀은 많다는 걸

🍀 사계의 사랑

꽃비에 살랑이는 긴 머리 하늘하늘한 치마
프리지어 향을 온몸에 입어
피어오르는 아지랑이 사이를
너의 손을 잡고 걷는 걸음은 설레었지

하얀 파도가 넘실대는 밤바다
발가락을 간지럽히는 모래밭을 걸어
텐트 안 우리의 소곤댐은
파도 소리에 묻히고 가슴은 두근거렸지

단풍이 물든 굽어진 산길을
헤어지기 싫어 아주 천천히 천천히 달려
차 안 라디오에선 우리의 노래가
흘러나와 마음은 애틋해졌지

한겨울 달리는 오토바이 살을 애는 추위
너의 등 뒤에 얼굴을 묻어
눈이 녹지 않은 개울가에
모닥불을 피워 내 몸은 노곤해졌지

🌼 나의 옥상

나의 옥상이 그리웠다
열려있지만 닫혀있는
내 것이었던 하늘 가까이 더 가까이
해를 내 손안에 달을 내 가슴 안에

맘껏 나를 내려놓았던 그곳
세상의 힘듦을 하늘에 일러바치며
나와의 싸움을 하고 또 하며
다시 툭 털고 일어서서 달려갔지

이불빨래가 하늘하늘 날리며
얼굴에 스치는 그 평온한 설렘
옥상 텃밭 채소는 물만 주어도
풍성하게 감사를 표했어

나의 마당 나의 아지트
한 마리의 길고양이가 집고양이가 되고
대가족을 이루어 장난치며
뛰어놀던 그 귀한 생명들을 떠올려

구름은 화가다

구름은 화가다
세상에서 가장 큰 도화지를 가졌다
기분에 따라 장르는 달라진다

물감은 흰색과 회색
아주 가끔 울긋불긋한 색도 넣어준다
평온한 오늘 양떼구름을 그렸다

때 구정물을 뒤집어쓴 비 오는 날
온통 파란 하늘은 구름이 쉬는 날
심심하면 숨은그림찾기도 그려 넣는다

어느 날은 구름이 화가 잔뜩 났는지
하늘에 요란한 낙서를 마구 해놨었다
그런 구름은
달도 태양도 지워버리는 무서운 능력자다

🍀 추파

난 그곳에 있었다

다가가지도 어떤 몸짓도 어떠한 말도

어떤 추파의 눈빛을 하지도

경계선을 넘어선 건 내가 아니었다

마법

마법에 사로잡힌 밤
널 내 안에 뜨거운 욕망의 바다로 인도해

slowly slowly slowly
거부할 수 없는 너의 향기
헤어날 수 없게 더 깊은 붉은 바다로

영혼과 육체의 만남
아득하게 아련하게

🌸 나를 일으켜줘

너에게 미쳐있지 않으면
외로워 살 수가 없어
일에 미쳐있지 않으면
고독해서 살 수가 없어

나에게 미쳐있지 않으면
나를 포기할지도 몰라
나에게 미쳐있지 않으면
아무 존재도 아닐지 몰라

혼자 왔다가 혼자 가는 시간이
점점 다가오는 이들에게 연민과
다가올 나의 미래를 생각해

꿈에라도 보고 싶은 그대
돌아보면 유치찬란했던 말과 행동들
그때가 그리워져 아무 일도 아니었어

지금을 아는 나를 1994에 데려다줘
나를 일으켜줘 나를 놓지 말아 줘

🍀그대와 키스를 한다는 것은

그대와 키스를 한다는 것은
심장의 울림으로 몽환의 세계로
데려다주는 일이며
가슴속 작은 파문을 일으키는 일이다

수천 개의 사랑 노래로 바람을 불어넣는 일이며
그대의 삶을 외로움을 서러움을
어루만져 주는 일이다

참숯의 은근한 데움으로 여린 불씨가
불꽃이 되도록 탐닉하며
열정적으로 불태우는 일이며
어느 길목 내 등 뒤에서 눈물 흘리던 그대를
포근히 감싸 안아 주는 일이다

🍀 너만 사라져

모두 그대로인데 집게로 집혀 나간 듯
너만 사라져

지나가는 비슷한 차에도
그 영화관 문을 열어봐도
그 맛집에 기다려봐도
그 카페에 앉아봐도
어디에도 없어
공원 그 벤치에도

내가 서있는 이 거리도 그대로인데
너만 사라져
태양은 또 떠오를 텐데
너만 사라져
너만 사라져

🌸 내게 날개를 달아줘

너에게로 날아가고 싶었어
어찌하지 못한 벅찬 가슴은
그저 하늘만 쳐다보았지

반복되는 꿈처럼 그리움은
늘 새로이 되살아나

내게 날개를 달아줘
아무도 새마저도 모르게
네게로 날아갈 수 있게

그리고
뜨겁게 아프게 안아줘
어디에도 날아갈 수 없게

은세계

너도나도 모르는 밤새 무슨 일이 있었는가
문을 열면 놀라운 은세계가 펼쳐지고
비릿한 차가운 눈 내음이 난다

아침 새 한 마리가 이 가지 저 가지 날아다니고
보슬보슬 반짝이는 눈꽃 뭉치가
나뭇가지에서 흩날리며 떨어진다

눈 위로 설레는 첫발
살금살금 사뿐사뿐 내디뎌봐도
눈은 뽀드득뽀드득 비명을 지르고 만다

투명한 얼음 위에 박힌 다양한 눈 결정체를 보며
너무 소중해 사라질까 숨을 참아낸다

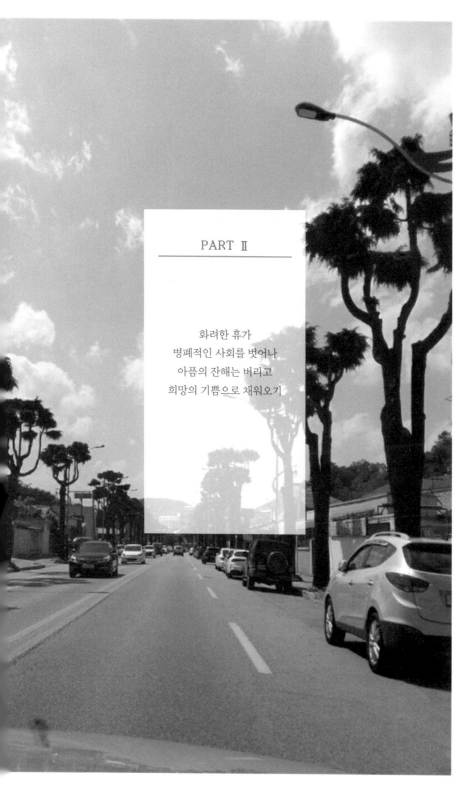

PART II

화려한 휴가
병폐적인 사회를 벗어나
아픔의 잔해는 버리고
희망의 기쁨으로 채워오기

🍀 이별을 완성해

우리는 여행을 떠나
아무 말도 하지 않아
차 안의 무거운 공기
라디오 소리도 없어

선글라스 속 너의 눈물
무너지는 나의 가슴
소리 없는 속울음
작은 움직임도 없어

마치 정지 화면처럼
우리 시간은 멈춘듯해
마지막 인사를 해
추억은 공중에 흩어져

서로는 돌아보았지만
뒤돌아보지 않아
그 냉정함에 이별을 완성해

🌼 네가 맞는지 묻고 있어

빈틈없는 옷장은 곧 질식할 거 같은 아우성을 질러
날개를 달아 날아가고 싶다고
작아진 언제 입었던 옷인지
어제의 네가 맞는지 묻고 있어

오랫동안 갇힌 통통 튀는 구두는 신발장 문을 두드려
바깥바람을 쐬며 걷고 싶다고
어색한 구두는 발을 깨물어
네가 주인이 맞는지 묻고 있어

기능이 상실된 건지 숨이 멎었는지 폰을 흔들어 깨워
가식적이더라도 수다를 떨고 싶다고
활자로 길들어진 세상
새삼 너의 목소리가 맞는지 묻고 있어

복잡한 머리를 감싸고 용기를 내어 리셋을 꿈꿔
멀리한 고립된 세상을 다시 갖고 싶다고
우주만큼 큰 자기애에 취한 네가 맞는지
정말 세상을 깨고 나올 용기가 있는지 묻고 있어

🍀 우리 매일 외식해요

밥하는 거 이젠 지쳤어요
우리 매일 외식해요

집에선 차만 마셔요
집에선 과일만 먹어요

냉장고를 버려야 해요
밥솥을 버려야 해요

집에선 차만 마셔요
집에선 커피만 마셔요

🌸 미소년

어느 바닷가에 한 아이
웃음이 보이지 않아
생각이 느껴지지 않아
나의 신경을 빼앗아

어디서 온 미소년일까
하얀 셔츠가 눈부셔
바람이 머리를 넘겨
나의 시선을 빼앗아

자꾸 멀리서 맴돌아
자꾸 우연히 스쳐가
뒤돌아봐 또 돌아봐
나의 마음을 빼앗아

🍀 태극기는 펄럭여야 아름답다

어느 아파트 담장을 따라
작은 태극기가 길게 걸려져 있다

바람이 불어도 흔들리지 않아
비가 와도 젖지 않아

사계절 내내 움직이지도 않아
눈이 와도 그대로야

태극기는 펄럭여야 아름답다
미동도 없는 영혼 없는 태극기

흔들리지 않는 건
마음을 움직일 수 없어
설레게 할 수도 없어

🌸 비는 계절의 감독관

비는 계절의 감독관이에요

곧 계절을 뛰어넘어 폭주할 거 같은 날씨도
봄을 무시하고 여름을 넘보는 더위도
비로 다스려 주어요

날씨는 미치지 않았어요
비는 결코 미치게 두지 않아요

비는 계절의 전령사예요

다음 단계를 염두에 두고 있어요
비가 그치면 새로운 세계가 펼쳐질 거예요

계절은 속일 수가 없어요

 널 기억하고 또 널 잊어가지

얼마나 많이 참아 왔는지 몰라
알면서 모른 체하는 그 마음 넌 알까?

나의 옷차림 화장까지 간섭하던
그런 넌 슬리퍼에 모자 너무 편하지

보이는 게 다가 아닌데
여전히 그러고 있는지

어느 지점에서 나를 기억할까
어느 순간 어느 공간에 내가 있을까

어떤 음악 속에 어떤 장소에
넌 살아 날 부르지

차마 외면할 수 없어
널 기억하고 또 널 잊어가지

🌸 내 안에 그가 산다

내 안에 그가 산다

어지럽게 집을 지어 내가 누구인지 그가 나인지

지배하는 존재가 누구인지도 모른 체

혼란스러웠다

연인들의 가을밤

바람도 달빛도 차구나
이름 모를 연인들의 가을밤은
차가운 한기마저도 서러움이라

얼마만큼의 마음을 열어야
너에게 닿을 수 있으랴
아직도 잘 모르겠습니다

한겨울 서리 낀 듯 차디찬 문
김 서린 듯 희뿌옇기만한 마음
조금만 열어도 조금만 더 열어봐도
잘 모르겠습니다

❀ 투정일 뿐

허비하지마라 아까운 인생을
즐겨라 지나가면 오지 않을 인생을

아끼지 마라 죽으면 썩을 몸을
즐겨라 오늘이 가장 싱싱한 몸을

넓은 세상 발도 다 못 붙이고
눈에 다 담지도 못하는 세상

왜 그리 열심히 일하냐고
통장에 공 하나 더 붙인들
다섯 끼를 먹느냐 천년을 사느냐

왜 그리 열심히 사냐고
돌보지 않은 몸 하나
병원비 갖다 주려 일하느냐
요양원 갈 준비를 하느냐

그래 알아

다 이룰 수 없는 회한일 뿐이지

마음대로 다 할 수 없는 투정일 뿐이지

🌸 차와 사랑에 빠진 날

나의 차와 사랑에 빠진 날
널 본 순간 내게로 온 순간
세상은 다 내 것이었어

나무 그늘 밑에서 책을 보면서
음악을 듣고 음식도 먹으면서
한동안 차와 대화를 해

나를 어디에 데려다줄 거야?
차는 어디로 가고 싶냐고 내게 물어

먼지 한 톨도 허락할 수 없어
애지중지 어루만지며 예뻐했던 때가

이젠
나를 털 달린 괴물에 밀어버려
나를 무서운 기계에 돌려버려

미안해 그래도 사랑한다

🌸 인생의 계절

인생의 계절 우리는 어디쯤 와 있을까?

십 대
새싹이 뾰족뾰족 돋아나듯
날카로운 자아가 질풍노도를 달린다

이십 대
꽃망울이 팡팡 터지는 봄꽃이 절정인데
지금이 예쁜지도 모른다

삼십 대
초여름 연초록색 가장 예쁜 계절
매혹적인 원숙함을 지나고서야 알게 되지

사십 대
늦여름 녹음이 짙다 못해 거뭇해지는
정신없이 바쁘게 살아 나이 듦을 못 느끼지

오십 대
쌀쌀한 초가을 햇살도 달라 그림자도 달라
점점 달라지는 몸을 보며 이십 대를 그리워하지

육십 대
단풍이 붉게 물들듯 화가 많은 불여우가 되지
하나둘 포기하고 살아가 아니 말로만

칠십 대
단풍이 점점 퇴색되고 한잎 두잎 낙엽이 져도
그래도 고집 센 노욕은 살아있어

팔십 대
볼품없는 앙상한 나무 뼈가 시려 몸을 움츠리고
신세 한탄하며 곧 올 저승사자를 기다려

구십 대
봄이 와서 좋고 더워도 좋고 추워도 좋아
다시 꽃을 보고 해를 봐서 좋고 내일 가도 여한이 없지

인체의 시계는 거스를 수 없어

전생을 기억 못하고 다시 태어나는 수밖에

🍀 살갗의 그리움

사무치는 살갗의 그리움이여
너의 살갗을 미치도록 느끼고 싶었다

거친 숨소리
떨리듯 요동치는 뜨거운 너의
심장 소리를 듣고 싶었다

🍀 집안일은 일회용이다

집안일은 완성이 없는 인생살이 같다
인생은 너저분한 집안 살림과도 같다

설거지하고 빨래를 해도 청소를 해도
집안일은 일회용이다

숨은 그림도 없고 다른 그림 찾기도 없는
집안일은 해도 해도 똑같은 데칼코마니다

설거지와 빨래에 쌓이고 먼지에 쌓이는
집안일은 헤어날 수 없는 블랙홀이다

🌸 너에게로 가는 길

너에게로 가는 길
가슴이 벅차 구름 위로 날아오르고
눈물이 차올라 바람에 날리우고

얼마나 그립고 얼마나 애달픈
욕망보다 더 깊은 인간 중독 같은

우리가 모르는 곳에서
누구도 모르는 곳에서

너의 것을 모두 뺏을 거야
도망가지 못하게 할 거야

너를 갖고 싶어
나를 잊고 싶어

자작나무 아래 서면

하얀 옷을 입고 하늘로
날씬하게 뻗은 자작나무 한 그루

자작나무를 올려다보면
나뭇잎이 춤을 춘다

햇빛에 반짝반짝 반들반들
눈부시게 어여쁘다

자작나무 아래 서면
나뭇잎에서 종소리가 난다

바람에 챠랄랑 챠랄랑 부딪히는
소리가 청량하다

🌸 나는 엉덩이로 시를 써요

나는 엉덩이로 시를 써요
오래 앉아 있어야 시가 태어나요

나는 음악으로 시를 써요
흐느적 선율에 걸터앉은 감성을 데려와요

나의 시는 완벽하지 않아요
보고 또 보고 예뻐해야 해요

시를 눈으로 읽으면 눈이 아파해요
시를 마음으로 보아야 해요

비로소 시는 내게로 와요
비로소 시는 내 것이 되어요

🍀 나를 찾아줘

자신감 넘치던 갈매기 눈썹 다시 하고 싶어
시선 상관 않던 검정 끈 나시 흰색 통바지를 입고
다시 거리를 거닐 수 있다면

소니 카세트테이프가 늘어지도록 들었던
크리스마스이브가 다시 설레었으면
밸런타인데이 초콜릿 포장을 하며 설레었던

파나소닉 삐삐를 차고
삐삐가 오지 않아도 진동이 느껴졌던
커피숍 삐삐친 사람을 방송으로 찾아주었던
다시는 없을 그런 감성

공중전화 박스에 긴 줄을 서서
시티폰 하는 사람을 다시 부러워할 수 있다면

레간자 누비라 엑센트가 꿈이었고
각진 그랜저와 아카디아가 동경이었던

90년대를 함께했던 나의 20대
성남 신흥동 삼영전자 옆 한신코아백화점
성남종합시장 한일은행 지하상가
남한산성과 도시 야경을 기억한다면
나를 찾아줘

 그 거리를 유지해

부슬부슬 오는 비에 거미는 어디론가 달아나
비는 거미줄에 빗방울을 꿰어 집을 예쁘게 장식해
멀리서 지켜보던 거미는 너무 예뻐 다가가지 못해

마음 안엔 꽃동산 하나 가졌지만
지나가던 꽃집 화분에 눈길이 잡혀
발걸음 멈추고 바라봐 내게로 와도 되는지 망설여
이곳의 네가 너무 예뻐 나는 데려가지 못해

내 눈에 아른거리는 당신을
밀어내는 자석만큼 그 거리를 유지해
네가 다가오면 나도 밀어낼지도 몰라
멀리서 보아야 아름다울 수 있을 너
너무 예뻐 나는 아무 말 못 해

다가가지 않아 데려가지 않아
그 거리를 유지해
허기에 차 또 널 갈망하겠지만
그냥 그대로 있어만 줘도 좋아

🌸 바람은 안다

바람은 안다
계절의 기억을
바람은 안다
꽃이 필 때와 질 때를

꽃들은 바람을 기다려
꽃봉오리가 어서 피어나게 호호 불어달라고
새싹들은 바람을 기다려
꽃잎을 떨구고 새싹이 어서 돋아나게 후후 불어달라고

바다는 태풍을 기다려
폭풍우를 일으켜 바다를 한번 뒤집어 달라고
모든 생명에 새로운 활력을 불어넣어 달라고

나무는 바람을 기다려
달랑달랑 마지막 잎새까지 떨어뜨려 달라고
홀가분하게 겨울잠을 자고 싶다고

바람은 그냥 부는 게 아니야
계절을 다시 돌아오게 하기 위해
오늘도 부는 거야

PART Ⅲ

당신이 내 이름을 불러준다는 것은
당신의 뜨거운 심장 소리를 내게
들려주는 일이다

어머니 나의 어머니

어머니
나의 어머니

내 나이보다 어린 나이에
많은 농사 짓느라 얼마나 버거우셨나요?

내 나이보다 어린 나이에
많은 자식 키우느라 얼마나 힘드셨나요?

내 나이보다 어린 나이에
많은 제사 다 지내느라 얼마나 고달프셨나요?

어머니
나의 어머니

저는 감히 상상할 수가 없습니다

🍀 세상의 소리를 막아

버스 안은 온통 보청기를 낀 사람들
어른도 아이도

외부의 소리는 들을 수 없는 보청기
원하는 소리만 듣지

차 경적도 누군가 말해도 들리지 않아
눈도 멀어버리지

나만의 소리만 듣는 시간은 행복하지
방해받고 싶지 않아

듣고 싶은 소리만 듣는 세상은 아름답지
다른 건 듣고 싶지 않아

모두가 귀를 막아
세상의 소리를 막아

이 세상을 함께 잊어주겠니?

이리저리 세상 구경 잘하고 왔네
이런저런 세상 경험 잘하고 왔네

이곳저곳 상처투성이
도도했던 날개는 어디로 갔는지

이곳저곳 구멍 난 가슴
뜨거웠던 심장은 어디로 갔는지

애써 질끈 눈을 감아도 봤어
요리조리 피해 다녀도 봤어

기웃거리지 다른 그 무엇이 있는지
솔깃해하지 다른 그 무엇이 있는지

지친 시간을 헤매다 돌고 돌아
결국, 널 찾게 돼

이런 나 아직도 괜찮다면
이 세상을 함께 잊어주겠니?

♣ 멀티한 전율

송골송골 맺힌 땀이 또르르 한곳에 모이고
이내 입술로 떨어진다

골진 등어리에도 가득한 땀 내 손을 적신다
콜라겐으로 꽉 찬 탱탱한 몸을 칭칭 감아
뜨거운 탕에 익사시킨다

이윽고 무아지경에 다다르고
한동안 몸에 손도 못 댈 만큼
멀티한 전율이 온몸을 관통하고 지나간다

나의 소

어릴 적 우리 집은 소를 키웠다
새끼를 낳으면 몇 달 키워 새끼를 팔았다

끌려가던 송아지의 놀란 눈망울
한 달을
매일 새끼를 찾으며 울던 어미 소의 한이
내 심장에 박혔다

큰 울음소리가 온 동네를 울렸다
매년 반복했던 어미와 새끼의 이별
어른들이 미웠다

마당에 메어있던 소는
학교 갔다 오면 저 멀리서부터
나를 보고 왔다 갔다 반겨줬던
나의 소

엄마 목소리가 그립다

뚜루루 뚜루루
딸각

여보세요?

높은 톤에 맑고 또랑또랑했던
엄마 목소리가
그립다

급하게
수화기를 내려놓는 소리까지도

늘 아프지 않다던
기쁘게 그걸 믿었던

🌸 학교가는 꿈

어서 일어나 학교 가야지
엄마가 잠을 깨운다

나는 씻고 밥도 먹고 학교에 가서
수업을 받는다

빨리 일어나 학교 가야지
또다시 엄마 목소리가 들린다

아- 꿈이었다
오늘 또 지각이다

🍀 심쿵 하게 만든다는 건

세계 노동절 휴일 차를 몰고
하얀 이팝나무 꽃 가로수길을 달려

건널목을 건너는 아름다운 여인
젊음의 상징인 킬힐을 신고 경쾌하게 걸어

선글라스와 타이트한 검정 끈 원피스
연노랑 긴팔의 야릇한 시스루
모두가 홀린 듯 시선을 빼앗겨

자연스레 눈이 가는 건 본능일 거야
남자들의 시선은 그동안 어떠했을지

누군가를 심쿵 하게 만든다는 건
얼마나 아름답고 매혹적이어야 할까

계절의 여왕 오월만큼 젊고 싱그럽다
부러운 난 절망의 심쿵만 남아

🌸 나를 사랑하는 시간

아주 가끔 아무도 모르게
나만의 시간을 즐겨

평일 휴식은 힐링의 시간
나를 사랑하는 시간
직장과 가정에서의 해방

조조 영화를 혼자 보는 기분은 모를걸
자리가 많이 비어도 앞줄에서 보는 사람
양 끝 귀퉁이에서 보는 사람들
심리가 무얼까 궁금해하면서

늘 뒤에서 세 번째 줄 중앙에서
보는 나의 심리는 안정감일 텐데

푸드코트에서 밥을 먹고 커피 마시고
전시회와 박물관도 가고
봄이 절정인 공원도 거닐어

걸림돌 없는 혼자 즐기는 이 시간
이렇게 자유로울 수 있을까

🍀 배드 걸

삐걱삐걱 위태롭게 돌아가는 세상
바보 하나 조종하여 세상을 다 얻었지

치렁치렁한 머리 너 같은 건 첨 봤어
얼굴에 철판을 깔고 꼬리를 휘둘러

남자 한가운데를 차지하고 싶은 본능
배드 걸에 줄 서서 침 흘리는 탕아들

성형 범벅 입만 열면 천박이 줄줄 흘러내려
허구한 날 세계 일주 혈세가 펑펑 구멍 나

손발이 풀린 지난 생은 인생이 조작이지
손발이 묶인 남은 생은 사방이 철창이지

🌸 수리사 가는 길

수리산 자락 친구와 산책을 한다
매화꽃길을 따라 수리사 절 가는 길

풀잎 하나 꽃 하나를 발견하고는
까르르 호호 어머머 감탄하는 친구가 너무 이뻤다

산길 옆엔 작은 시냇물이 졸졸 흐르고
바위에 낀 초록 이끼까지 어찌나 이쁘던지
물웅덩이엔 송사리와 올챙이가 꼬물거린다

돌담을 비집고 나온 제비꽃
다람쥐는 사진 찍을 새도 없이 촐랑거리며 달아난다

상큼한 매화 향기와 바람 소리 새소리가
구름에 갇힌 햇살을 부른다

산책하는 내내 우리의 수다는 끊이지 않았고
예전엔 보이지 않던 자연을 친구와 더 즐기고 싶다

🍀 엄마표 만두

고기를 넣지 않은 엄마표 만두
두툼한 만두피
레시피를 알아둘 걸

침이 고이는 엄마 고추장
장 담그는 걸 배워둘 걸

다시는 볼 수 없는 맷돌두부
몽글몽글한 순두부가 좋았다

양미리를 넣은 청국장
엄마표 이젠 먹을 수가 없다

장독 가득 통무 동치미가 동동
소금만 넣어도 맛있었다

달래 냉이 쑥의 계절
시골 생각 엄마 생각이 난다

🍀 안전 문자 그만하소

매일 아침마다 울리는 안전 문자
대설주의보 발효 중 도로 결빙 조심

오늘도 모닝콜 한다
눈이 녹아 영하로 살얼음 예상
비가 영하의 날씨로 결빙 우려

문자 그만하소
봄이 왔잖소
햇살이 다른데
바람이 다른데

문자 그만하소
벌써 새싹이 돋는데
벌써 봄비가 왔는데
추워도 봄이잖소

🍀 강원도는 좋겠소

눈이 많이 온
강원도는 좋겠소
농사가 풍년이 들 테니
얼마나 큰 기쁨이오

눈이 많이 온
강원도는 좋겠소
봄에 산불이 많이 안 날 테니
얼마나 큰 다행이오

눈이 많이 온
강원도는 좋겠소
눈사람도 만들고
깨끗한 눈도 먹어보고
얼마나 큰 축복이오

강원도가 멀어서 나는 슬프오
순간 이동 기계는 언제쯤 나오는고

🌼 그때는 몰랐다

십 대는 낭랑하다
이십 대는 싱그럽다
삼십 대는 원숙하다
사십 대는 그래도 젊다
오십 대는 늙기 시작한다
육십 대는 어떤 느낌일지

화장을 안 해도 이쁘다
교복 입었을 때가 가장 예쁘다
뭘 입어도 이쁘다
이런 말 흥하며 흘려보냈지

너 때는 나는 날아다녔다는 말 그땐 몰랐다
한 해 한 해가 다르다는 말 그땐 몰랐다
한순간 시력이 떨어진다는 말 그땐 몰랐다
화장을 해도 때깔이 안 난다는 말 그땐몰랐다

한방에 훅 간다는 게 이런 거였을까
세월 앞에 장사 없다는 게 이런 거였을까
나이 들면 서럽다는 게 이런 거였을까
내 나이 돼보면 알 것이란 게 이런 거였을까
달라진 나를 보며 조금씩 우울감이 들기 시작하다

🌸 숲속 친구들의 봄맞이

햇살에 달궈진 바람이 간질간질 얼음을 녹여
졸졸졸 점점 커져가는 물소리
이미 깨어난 개구리는 안아름 알을 낳았어

아침부터 딱따구리는 딱딱 딱 나무를 쪼는
연습을 시작해
잠자던 다람쥐는 깜짝 놀라 밖을 내다보고는
쪼르르 내려와 지난가을에 숨겨둔
도토리를 한입 가득 챙겨 올라가

동굴 안 종유석에 매달린 물방울이 똑똑똑
점점 빨라지는 소리에
박쥐는 날개 사이로 째려봐
새어 들어오는 빛을 보고는
밤을 기다리며 더 늦잠을 자기로 해

땅이 얼어 솟아났던 흙은 점점 내려앉더니
잠자고 있던 고슴도치의 가시를 콕콕 건드려
먼저 일어난 너구리도 땅을 꾹꾹 밟아 깨워
봄이 왔다고

🍀 기대하지 마

기대하지 마
또 실망할 테니까
노여워하지 마
원래 그런 거니까

기다리지 마
또 떠날 테니까
슬퍼하지 마
넌 혼자가 아니니까

진지하지 마
또 재미없다 할 테니까
당황하지 마
인간은 늘 간사하니까

또 기대할 거지
내일이 있을 테니까
또 기다릴 거지

희망이 있을 테니까

또 진지할 거지

현실은 장난이 아닐 테니까

 떨어지는 젊음

버스정류장 벤치에 한 할머니
"내 나이가 어때서" 노래를 크게 틀어놓고
구부정하게 앉아 계신다

아직 괜찮다고 스스로 위로하는 것 같았다
그 노랫소리가 더 슬프게 다가왔고

난 멀찌감치 떨어져 그 노래를 피한다
아니 그 늙음이 더 이상 붙지 않게 피하고 싶었다

머리칼과 옷자락을 들쳐대며 몹시도 질척이는 바람은
할머니 곁에 한동안 붙어서 괴롭힌다

그 옆으로 힐을 신은 한 여인이 꼿꼿하게 걸어간다
정류장에 진한 향수 냄새가 한가득 퍼지고
마치 사향에 이끌리듯 사람들 시선은 그녀를 향했다

홀딱 반한 바람은 그 여인의 등을 떠밀며
신나게 따라붙는다
나도 그녀의 뒤를 따라가
넘쳐서 뚝뚝 떨어지는 저 젊음을 줍고
내 것으로 만들고 싶었다

두 장면의 한 찰나는
찬바람에도 이미 패배한 늙은 몸과
내 나이가 어때서를 비웃 듯
젊음이 영원할 것처럼 당당한 여인이 있었다

어제는 어차피 내일이 있으니까
오늘은 오늘만 사는 것처럼
내일은 내리막인 줄도 모르고

🌸 첫 눈빛에서 사랑은

한 가지의 주제에서 글이 시작되어
한 권의 책이 출간되고

한 음절에서 노래가 만들어지고
하나의 앨범이 나온다

하나의 선에서 그림이 그려지고
미술관에 걸 수 있는 작품이 된다

한걸음 한걸음 스치는 첫 눈빛에서
우리의 사랑도 그렇게 시작되었다

🌸 유행처럼 왔다가 사라진 사람들

한동안 같은 음악을 수없이 듣고
또 다른 음악에 또 빠지는 걸 반복했어
영원한 건 없어 음악도 유행 같아

버리지 못해 보류해놓은 물건을 쌓아놓고
시간이 흐른 뒤 정리하다 보면
결국은 버려도 되는 물건이 되고 말아

살다 보면 주변 인물이 많이 필요도 없다는 걸
깨닫게 돼
가장 필요할 때 내 곁에 있는 사람
그 사람의 소중함을 알아야 해

흘러간 노래도 버려진 물건들도
유행처럼 왔다가 사라진 사람들도
불현듯 찾아오는 그리움을 뒤로하고
가장 소중한 시간은 지금이라는 걸 알아야 해

🍀 도킹할 순 없나요?

반구정 하늘도
관곡지 연꽃도

아슬했던 수락산도
해미담 맛집도

무작정 달리던 그 도로도
분주히 걷던 그 길도

너 없는 지금
추억일 수 없어

나의 우주 나의 세계
그대 다시 내게 도킹할 순 없나요?

PART Ⅳ

믿음,
알아서는 안 될 일을 몰라서 믿는 것
알면서 모른 체하며 믿는 것
믿음일까?

🍀 넌 오아시스

먼지가 풀풀 나는 메마른 황량한 들판
나 홀로 외로운 이 끝없는 길을 걸어

저 멀리 보이는 신기루처럼 네가 서 있어
점점 메말라가는 나의 감정에 넌 오아시스

쭈뼛쭈뼛 머리카락이 다시 솟아나
봉긋봉긋 어린 세포가 다시 돋아나

너를 만나면 생생한 나는 살아있음을 느껴
너를 만나면 촉촉한 나는 여자였음을 느껴

아우성

우주의 먼지보다 작은 이 지구에서

지구에서도 현미경으로 봐도

보일까 말까 하는 미세한 인간들이

지구의 종말을 부른다

마치 천년만년 살 것처럼

아우성이다

바보 곳토리와 V2

괴상한 나라 피라미드 맨 꼭대기에 바보 곳토리가 살고 있다
호구호구 귀엽다며 날리든이 선물한 개 목걸이를 차고
술내를 풍기며 버킷리스트도 모자라 기네스북에 도전한다

돋보이고 싶은 머리는 텅 비고 기워 쓴 가죽에서는 약 냄새
가 진동한다
몸에 맞지 않는 옷을 걸치고 명품도 아닌 개가 명품을 찾아
떠돈다

노는 게 제일 좋아 밤에는 배 터지게 술과 여자를 빨고
낮에는 개 목걸이를 번뜩이며 굽신굽신 용감한 바보가 된다

왜나라 개시다와 동조하여 바다에 불멸의 독약을 풀었으니
바다생물의 원한으로 멸할 것이니 경배하라 그날을

오늘도 행복한 피라미드형 몸뚱이는 외나라에서 돌아올
줄 몰라
오늘도 여전히 부재중 꽉 잡아라 비행기 날자 술통 떨어진다
비행기 날자 짝퉁 떨어진다

🍀 간사한 인간을 용서해

눈 온 뒤의
그 아름다움도 한순간

세상은 그랬어
눈 올 때의 환영과 찬사 하트로 뜬 눈은 온데간데없고
투정으로 천덕꾸러기처럼 눈살 찌푸려
세모난 눈으로 보내버리는 것을 반복하는
간사한 인간을 용서해

그렇게 떠날 거면서
그렇게 버릴 거면서

노을에 잠긴 도시

노을에 잠긴 도시
몽글한 마음은 허공을 떠다니고
더 진하게 하늘에 색칠을 해본다

노을을 사랑한 도시
몽환의 세계로 가는 문을 열어달라고
노을이 사는 곳이 어디냐고
간절하게 하늘에 묻는다

짧은 만남
사라지는 게 아쉬워
조금 더 조금만 더 있어달라고
더 간절하게 하늘에 애원한다

노을은 세상을 위로하며 비추는 조명
더 아름답게
더 따뜻하게
더 행복하게

🍀 남겨짐은 고요하다

거실 깊이 가을이 들어오고
두꺼운 커튼이 내려앉는다

다시 발을 내디딘 그곳
가슴이 쿵 내려앉는 울컥한
뜨거운 눈시울을 느낀다

정원 가득 너로 찼던 흔적은
낡은 풀밭이 되어
바스락이며 부서진다

붉은 노을로 찼던 너의 온기는
옷깃을 여며봐도
설렁이며 식어진다

이기적이게도
남겨지지 않으려 떠난다
남겨짐은
쓸쓸하고 고요하다

당신은 나의 시가 되었어요

당신은 나를 시인으로 만들었어요
당신은 나의 시가 되었어요
당신은 나의 노래가 되었어요

한가득 밀려오는 그리움을
긴 한숨으로 밀어내고
하늘 보며 눈물을 스며낸다

한 가닥 불어오는 바람을
긴 호흡으로 담아내고
먼 산 보며 가슴을 다독인다

지남은 돌아오지 않아
지남은 다시 오지 않아

🌸 변하지 않는 건

싱크대 서랍에 넣어놓고
잊어버린 단팥빵 한 봉지

유통기한이 한 달이 지났는데도
곰팡이 없이 그대로

아- 무섭다 독하다
변하지 않는 저 빵 먹어도 될까?

문득 이효리 노래가 생각났다
변하지 않는 건

변하지 않는 건 너무 이상해
변하지 않는 건 너무 위험해

🍀 나이 듦을 느껴갈 때

나이 듦을 느껴갈 때
글씨체도 글자의 크기도 달라진 것을 발견한다
글을 쓴 뒤 오타임을 한참 뒤에 알아차리곤 한다

숨어있는 희끗한 한 줌의 머리카락을 보곤
가슴이 쿵 한적
화장을 해도 예전처럼 화장이 잘 먹질 않는다
헐렁했던 바지가 타이트해지고
낮은 굽의 구두와 운동화가 신발장을 차지했을 때
순간 나이 듦을 알았다

바닥에 떨어져 있는 머리카락과 티끌만 한 먼지는
왜 이리도 잘 보이는지
잠시 잊고 있지만 난 보정된 세상을 보고 있다
돋보기로 본 세상은 적나라하다

나의 엄마는 평생 안 늙을 거 같았지만
이젠 나의 곁에 없다

나 또한 파릇한 젊음이 영원할 것 같았지만
점점 실감하고 나에게 실망하고 있다

🍀 이건 외로움일까

나를 잘 아는 당신이 생각날 때가 있어
이건 외로움일까

나의 풋풋함을 기억하는 사람이 있어
이건 그리움일까

그대 가슴에 기대어 눈물 한가득 쏟고 싶은
그런 밤이다

🍀 나는 나를 알아

나는 나를 믿어
가끔 그런 자만심으로 행복을 느끼기도 하지
나는 나를 사랑해
가끔 그런 이기심으로 세상이 아름다울 때도 있지
나는 나를 느껴
가끔 그런 자존심으로 마음에 상처를 받기도 하지
나는 나를 알아
가끔 그런 조바심으로 일을 그르쳐 후회를 하기도 하지

그런 나는
내면에 꿈틀대는 모든 열망을 가슴 깊이 삭히기도 하지
그런 세상은
선을 긋고 꼭 그 안에서만 살라고 억압하며 가두려 하지
그런 인간은
약간의 자아도취에 빠져있지 않으면 우울에 빠져 살 수가
없지

🍀 사람의 가치

하찮게 보이는 그림도
액자에 걸면 작품이 된다

아무렇게나 방치된 그림도
미술관에 전시하면 예술품이 된다

같은 장소에서 찍은 사진도
찍는 각도에 따라 작품이 되기도 한다

같은 옷도 그 사람에 따라
전혀 다른 스타일의 모습이 되기도 한다

하지만
사람의 가치는 옷으로 평가할 수 없다
사람의 가치는 자리로 평가할 수 없다

어떤 옷을 입든 어떤 자리에 있든
그 사람 자체로 이미 평가는 끝났다

남의 집은 어려워요

남의 집은 어려워요

남의 집 문 여는 건 어려워요
남의 집 티브이 리모컨도 어려워요

남의 집 밥솥 여는 건 어려워요
남의 집 가스레인지 켜는 것도 어려워요

남의 집은 불편해요

남의 집 정수기로는 물도 먹을 수 없어요
남의 집 세탁기로는 빨래도 할 수 없어요

한번 배우면 쉬워요
또 잊어버려요
내 집이 아니니까

🍀 영양제

아픈 사람이 먹는 건 약이고
건강한 사람이 먹는 건 영양제다

아이들은 아프면 성장하고
어른들은 아프면 늙는다

그동안 얼마나 많은 영양제와
다양한 건강보조식품을 먹어왔던가

보험처럼 먹어왔던 영양제들
먹어서 이만큼 건강한 건지
안 먹어서 어떤지는 시험해 볼 수 없잖아
난 한 몸인데 그걸 어떻게 증명해 보일까?

그래도 안 먹으면 불안감에 끊지도 못한다는
이것도 마약과도 같은 것일까

영양제가 하나둘 점점 늘어가고 있다
나이 들어 늙는 건 무엇으로도 막을 수 없을 텐데

🌸 봄 길을 걸어

봄 길을 걷다 보니
내 시선은 자꾸 길가에 머물러 있다
파릇파릇하게 돋아난 초록이들
오늘은 어떤 이쁜이가 신고식을 할까

어릴 적 학교 가는 길
팡팡 핀 조팝나무 꽃을 보면 왜 마음이 울렁였는지
산수유 꽃보다는 생강나무 꽃이 예뻤고
벚꽃보다는 살구꽃이 더 예뻤다

앞산엔 이름 모를 나무에 흰색 분홍 연분홍 꽃들이
얼마나 많이 폈던지
그 꽃이 무엇인지 어떤 열매가 열리는지
궁금했지만 확인해 볼 생각을 못 했을까

앙증맞은 작은 꽃이 바람꽃이란 걸
어른이 돼서 처음 안 것처럼

할미꽃이 고개 숙여 솜털을 덮고 얼굴을 보여주지 않아
그때도 지금도 귀하고 고귀해서 바라보기만 해
시냇가엔 수려하게 뽐내는 수양버들이 머리를 길게
늘어뜨리고 머리를 감는다

혼자 고고하게 핀 하얀 목련 이렇게 이뻤던가?
꽃송이가 하나같이 촛불 받침대처럼 하늘을 향해 있다
꽃 없이도 열매를 맺는 뻔뻔한 무화과도 있는데
목련은 무엇을 위해 저토록 하늘을 향해 충성할까?

중독

무언가의 권태로움은
그 무언가의 중독만큼이나
강하게 끌어당기지 못한다

권태로운 감정은 정적이다
중독된 감정은 역동적이다

그렇다면
나는 그에게 지독하게 중독되었다

✿ 미니멀 라이프의 꿈

언제 쓰일지 몰라 방치한 온갖 잡동사니 가득한 서랍장에서
나의 흔적을 보았다
마치 폐물처럼 보관된 수백 개의 카세트테이프와 CD들
몇 년에 한번 들쳐볼까 말까 하는 여러 권의 무거운 앨범들

어느 연예인의 물과 음료수만 진열된 냉장고가 부러웠다
냉장고 문짝에 붙어있는 다양한 소스가 왜 필요한가
모델하우스 같은 집에서 냉장고엔 물과 음료만 있으면 안
될까?

오랜 시간 집을 비우고 돌아온 날 새집 냄새 그 냄새가 좋
았다
커피향과 디퓨져 향만 가득한 그런
미니멀 라이프는 아직 꿈이고 상상일 뿐인 걸까>

불현듯 누구나 지갑 하나 우산 하나 안 잃어버린 사람이 있
을까 싶은
난 어디에 놓쳤을지 모를 수십 개의 다양한 우산을 떠올린다

언제 어디서 놓쳐버린 나의 정체성 같은 지갑은 그 기분까지 생생하다

다 정리하고 버리면 나를 잃어버릴 것 같은 불안감 같은 것일까?
아이러니한 것은 비우고 또 끝없이 채움을 반복하는 것처럼
시작과 중간은 있지만 마무리와 끝은 없다
반복하는 오늘 또 시작이다

🍀 아름다운 일상

중문을 열면 나는 양재동 꽃시장 향 디퓨저
현관문을 나설 때 공기를 깨우는 풍경 종소리
또각또각 계단을 내려가는 발자국 소리
아직도 쓰레기를 헤집고 있는 배고픈 고양이
앞서 내달리는 산책 나온 신난 반려견
수다스럽게 아침 인사를 나누는 새들
노란 송홧가루를 뒤집어쓴 차
신호등에 붙잡혀있는 사람들과 많은 차량
살랑이는 샴푸 향에 붕 뜬 설렘은 또 왜

치워도 늘 정신없는 식탁
어질러진 손님용 아닌 현실 거실
그나마 정돈된 흰 침대 이불
세탁실에 걸린 방향제가 된 빨래
아무리 봐도 실종된 입을 옷 없는 옷장
보면 사 모았던 이젠 심드렁해진 화분
소음처럼 들리는 여전히 말하는 밥솥
먼지 먹는 청소기는 오늘도 쉴 수가 없어

창틀에 먼지는 왜 이리도 빨리 쌓이는지
신발은 왜 다 밖으로 나와 있는지

그래도 상큼 푸름한 오월
아름다운 일상

영원히 살 것처럼

까불지 마 영원히 살 것처럼
도도하지 마 영원히 필 것처럼

지금은 아름답다 한들
시들어버릴 한 송이 강렬한 빛깔의 장미처럼

PART V

어제와 같은 오늘을 살고
오늘과 같은 내일도 살아가겠지
하루하루 모인 시간들이
나를 멀리도 보내 버렸다

❀ 어떤 기억

어떤 기억을 각인시켜준 것은 어떤 향기와
어떤 사건과
어떤 음악이었다

순간 뒤돌아보게 되는 낯선 이의 익숙한 향기
그때 그 향기 속으로 걸어가 나를 찾고 있어

약간의 트라우마처럼 기억되는 일
삶에서 마주하는 장면들
기억되기 싫은 그곳으로 가끔 날 데려다 놓는다

중요한 건 나를 완성해 줄 아직도 찾지 못한 음악이 있어
그 음악은 어디에서 다시 만날까?

🌸 이 세상 다하는 날

이 세상 다하는 날
가장 슬픈 것이 무엇일까 생각해 보았다

사랑하는 사람들과의 이별
그리고 더 이상 듣지 못하는 음악이 아닐까

지독한 연민에 빠질수록 난 점점 더 음악에 흡수되었고
또 다른 내일의 음악을 꿈꾸었다

진정한 끝남은 세상의 모든 소리와 소음 그리고
음악이 사라지는 그런 세상일 테니깐 말이죠

🌸 정동진 밤 열차

보기만 해도 시원한 빗줄기
오늘 밤엔 기차를 타고 훌쩍 떠나고 싶다

그 옛날 친구들과 떠난 정동진 밤 열차
그곳엔 낭만이 있었다
스쳐가는 모든 것이 추억이 되고
누군가의 비밀 하나쯤 갖게 되고
우정 하나 가슴에 새기고

사소하고 특별할 것도 없는
남겨진 지난날을 회상할 수 있다면
엷은 미소를 띠며
어떤 의미로 남아 추억할지

몽롱한 잠결에 바라본 아침 바다
가슴 먹먹하도록 아름다웠다

🌸 엄마로 산다는 건

엄마도 소녀일 때가 엄마도 나만 할 때가
엄마도 아리따울 때가 있었겠지
이 노래 가사에 엄마 생각에 또 눈물 쏟고
우리 어머니들 세대가 점점 저물어가

80이 넘어도 마음은 그대로 일 텐데
몸은 병들어가고 얼마나 서러우셨을지
자식도 얼마나 보고 싶으셨을까
고향에는 또 얼마나 가보고 싶으셨을지
우리가 알지 못하는 아쉬움 같은 것 또한
이 세상에 여한이 없는 삶이란 게 존재할까

우리는 앞으로 어떻게 나이 들어가야 할까
어떻게 살아가야 잘 사는 건지
많은 생각을 하게 되는 요즘이다
마음 추스르고 다시 또 살아가야겠지

나이 들어 고아가 된 난 아닌척했지만

요즘 왜 우울했는지 잊고 있었어

손잡고 함께한 산책로도 동네 한 바퀴도

같이 앉은 그 벤치도 아카시아꽃을 좋아하셨던

산책로에 아카시아꽃 만발하던 날

내 손을 잡고 눈을 감으신 마지막을 함께해서

많이 울어서 괜찮은 줄 알았어

엄마 단 하루만 집에서 그냥 생활하고 싶어

보고 싶은 우리 엄마 사랑해요

🌸 멀어지는 그리움

지난가을 그 시간에 우릴 그대로 버려둔 채
시간은 두 번의 가을에 와있지
시간은 많다고 느꼈었지 벌써 이만큼 와 버렸는데

가끔 올려다보는 하늘
구름은 흘러 그림을 그려 가지
그림을 완성하기도 전에 이내 흩어지고 마는

언제 다다를 줄 모를 거리를 좁혀간다는 것이
이리도 어렵더냐
쓰라린 상처가 닿을까 이내 피하고 마는

가을밤 어둠 속으로 멀어지는 그리움
그냥 스치는 바람일지라도 그대 가슴에 새겨진다면
그대를 마음껏 불러볼 수 있다면

멍울진 가슴에 차오르는 숨 막힘을 억누르며
조용히 눈을 감는 일뿐이라는 것을

🌸 고목 나무에 날아든 매미

그대는 한 여름날 고목 나무에 날아든
매미와 같았다
귓가에 쟁쟁하게 맴돌다 사라져버린
황량한 이 느낌

한밤에 꿈꾸는 탐닉의 모험이여
새벽에 깨어난 허무의 시간이여

사랑 그 바보 같은 환상
잘 있나요?
잘 있지 말아요

🌸 당신은 마약 같아

당신은 마약 같아
뭔가 알 수 없는 내면의 것들이 뒤섞여
심장이 요동치는 듯한 강렬한 이끌림

인간의 원초적 본능을 불러일으키는 듯한
묘한 이 기분을 뭐라 말할까?
알 수 없는 마약일 수밖에

❀ 세상은 스마트한가

세상은 변했다
스마트한 세상

활자에 길들여진 소통
세상에 벌어지는 불의한 광경
활자로 표출한 분노
소극적인 대응에 세상은 변할 여지가 없다
흐릿한 세상 빛 언제쯤 선명해질까?

세상은 과연 스마트한가
세상은 과연 괜찮은건가

🍀 빗소리

빗소리

공기를 통과하는 소리

나뭇잎을 때리는 소리

창가를 두드리는 소리

바닥에 떨어지는 소리

빗소리는 무언가에 부딪혀서 나는

소리이다

❀ 더는 날 수 없게

널 향한 내 날갯짓은 늘 비에 젖어
무거웠으며

모진 비바람에 날개는 찢겨나가
몹시도 아팠다

견딜 수 없는 찬바람이 불어온다
외롭던 그 날갯짓
이젠 꺾여 버렸다

더는 날 수 없게
더는 네게 갈 수 없게

🍀 단원 아이꽃

봄은 언제 왔다 갔을까?
봄꽃을 만끽할 사이도 없이 뜨거운 태양은 봄을 일찌감치
쫓아내었고
혼자 가기 샘이 난 봄은 그냥 두고만 봐도 이쁘고 이쁜 우
리 아이꽃들을 데려가고 말았어

지난밤 아이꽃들은 개성이 가득한 색색이 캐리어 배가 불
룩해지도록
짐을 쌌다 풀었다를 반복하며 설렘에 잠 못 이뤄야 했고
함께 해야 할 필요성을 어필하는 헤어드라이어, 선글라스,
아이참, 속눈썹, 비비크림
분홍빛 틴트, 몰래 한자리 낄 캔맥주 하나가 차례를 기다리
며 반짝였지
그날 밤 아이꽃들은 한 달 전부터 연습한 장기자랑을 꿈속
에서 멋지게 해내었을 거야

그런 아이꽃들은 설레고 울렁이는 가슴을 안았지만 그만
출렁이는

겨울 같은 바닷물에 여린 꽃잎이 젖고 말았어

일렁이는 달빛에도 수만 개의 물방울 소리에도 아이꽃들
은 너무도 춥고 무서웠어

불러도 오지 않고 대답 없는 어미 꽃을 부르며 아픈 꽃눈물
을 흘려야 했어

어른 꽃 아니 나쁜 꽃들은 무엇을 했을까요 저토록 아파하
는데

어른 꽃들은 나빠요

여린 아이꽃들에게 아직 세월이라 말하기엔 너무 잔인하
잖아요

봄아 이다음에 아이꽃들이 여행을 마치는 날 길을 잃고 헤
매지 않게 꼭 데려와 줘

따뜻하게 안아 줄 어미 꽃도 친구 꽃도 스승 꽃도 기다리잖
아

어서 돌아와 가슴 터질 듯이 보고 싶어

아직도 눈물이 뜨겁잖아

아름다웠지만 잔인했던 4월 어느 봄날
어른 꽃들은 말해요
지켜주지 못해서 미안하다 미안하다고
아이꽃들은 말해요
울지 마요 울지 마요
너무 빨리 잊지만 말아 달라고

🍀미망한 님아

장미 향기 어디 사라지고
진한 국화향만이 가득 하누나
꿈같은 아릿한 시간을 앗아버린
가없는 슬픔

장미 향기 나는 날
님은 다시 오시려나
부엉이 슬피 우는 밤
님은 다시 오시려나

아름다워 아름다워서 눈물 나는 시절에
님은 떠나갔네
아프고 아파서 나도 따라 부엉이 품에 안겨
불러보면 님은 오시려는가

소리 없는 미망[未忘]한 님아

🌸 봄이 오는 느낌

꼭 그랬어
여름휴가가 지나면 가을이 온 듯 선선했고
추석이 지나면 겨울이 온 것처럼 쌀쌀했으며
설이 지나면 봄이 가까이 온 듯
부드러운 바람을 느꼈다

오늘이 꼭 그랬어
살얼음을 깨고 개구리가 막 튀어나올 것만 같았지
포근한 바람이 내 볼을 스친다
부드러운 입맞춤처럼

한고비 한고비 계절의 문턱을 넘기며
봄이 오는 이 느낌이 참 좋다

🍀 아카시아 샴푸

차창 밖으로 아카시아 향이 바람을 타고 들어왔다

내 시야에 들어온 흐드러지게 핀 아카시아꽃

아주 오래전 쓰던 아카시아 샴푸 생각이 문득 났다

봄 봄

계절은 늘 같은 느낌으로 변화해
만발한 꽃을 만끽할 시간을 주었고
시들어 갈 때쯤 비바람으로 꽃잎을 떨구고
초록 잎을 더욱 풍성하게 만들어가지

자연은 그렇게 아름다운 자연을 만들어가고
경이로운 자연 앞에 거부할 수 없는 겸손함과
어찌하지 못하는 붕 뜬 가슴에
설렘 만이 막 날라간다

창가에 내려앉은 따스한 봄 햇살에
스르르 감기는 눈 가슴은 두근두근
바람은 살랑살랑 옷깃은 나풀나풀
프리지어 향을 가득 담은 머리칼이
얼굴을 간지럽힌다

🌸 여자의 육감

어느 순간 가슴이 쿵 할 때의
여자의 육감
미세한 빗줄기에도 얄큼살큼* 살갗에 닿는
소름처럼 심장은 덜컹였다

남자들은 여자들의 촉을 극찬한다
하지만
자기 여자의 촉은 미쳤다고 한다

*얄큼살큼:야금야금 살금살금을 합쳐서 표현

PART VI

일과 사랑은 늘 시작점부터 끝을
염두에 두고 있었다
고뇌와 인내가 필요하기 때문일까?

🍀 그대를 다시 만난다면

나 그대를
다시 만난다면

그대 눈빛
그대 숨결
그대 향기

내 심장 깊이
가둬 놓겠습니다

🍀 인생

인생
같은 일을 반복하며 사는 거
과거 어느 순간을 그리워하는 거
어떤 선택을 후회하는 거
내 맘대로 할 수 없는 거
포기하는 거

그런 아쉬움에
조금 더 성숙해진 듯한 숙연한 느낌
내가 어찌할 수 없는 안타까운 느낌
그냥 흘러가는 대로 흘러가는 것뿐이라고
스스로 위로하며 사는 것뿐이라고

사랑의 무게

사랑에도 깊이가 있다면
사랑에도 무게가 있을 거야

다인 관계를 저울질하며 각각의 무게만큼
분류하면서 그것도 사랑이라고 하지

어제는 다른 사랑을 하고
내일은 또 다른 사랑을 하며
자신은 누구에게도
행복을 주는 사람이라고
자만심과 우월감을 느끼지

정말 사랑에도 무게가 있다면
누구에게도 가볍지 않은 사랑을 원해

🍀 사랑한다 말해요

보고싶다 말했다
가슴으로 손짓으로
사랑한다 말했다
눈빛으로 몸짓으로
원망한다 말했다
한숨으로 투정으로

사랑을 가슴에만 담고
사랑을 눈빛에만 담고
사랑을 한숨에만 담고

침묵의 표현은 눈물로도
알아채지 못했다
마음은 들을 수 없다

사랑은 소리다
사랑한다 말해요

🍀 금기된 그 무엇

아직도 심장은 뜨거웠다
내면에 꿈틀대는 모든 욕망과 열망
금기된 그 무엇

그렇게
세상 속 프레임 안에 갇혀야만 했다

저녁이 있는 삶

저녁이 있는 삶

노동자들의 기댈 수 있는
안락한 밤이어도 좋고

연인들의 사랑을 속삭이는
뜨거운 밤이어도 좋다

젊은이들의 우정을 다지며
술 한잔하는 밤이어도 좋고

가족들의 응원에 웃음꽃이
피어나는 밤이어도 좋다

인간과의 관계

인간과의 관계는 상대적이라 할지라도
나를 바라보는 시선
그게 바로 나였다

결국, 자신의 이미지는
자신이 만들어 가는 것이었다

🍀 좌절을 보았다

오늘 하루도 난 착각 속에 살았다

자만심으로 또 한 번의 상처 또 한 번의 좌절을 보았다

한편에 자리한 콤플렉스를 가득 안은 가슴

그대도 난 나를 사랑했다

 너의 시간

나의 시간 아니 너의 시간

어제 하루는 널 만나기 위한 준비의 시간이었고
헤어진 오늘 또 널 기다리는 시간이고
또 너를 만나기 위한 준비였다

그렇게 흘러간 반복된 시간
아무것도 하지 않은 시간
아무 일도 일어나지 않았다

널 만나고 또 너를 만날수록
나는 나를 만날 수가 없었다

너를 사랑한다는 단 하나의 이유로
수만 가지 헤어질 이유는 단지 푸념일 뿐이었다

사랑하니까 사랑하니까

🍀 기회의 순간

순간순간 놓쳐버린
기회의 순간들
째깍째깍 흘려보낸
허무의 시간들
찰칵찰칵 남기고 싶던
아름다운 나날들

그렇게 놓쳐 버렸다

아직 기회의 순간
남아 있는 시간
아름다울 나날
다시 희망으로

🍀 보고픔과 욕망

보고픔과 욕망
그 모호함의 경계를 넘어
너의 숨결 칼날이 되어 내 심장을 꽂은 밤

뜨거운 몸을 안고 너의 방을 기웃거리며
애태우는 철없는 육체
단단한 살갗 소름 돋은 솜털
터질 듯 날 선 부푼 가슴은
마른 한숨이 되어
이내 한순간 사라질 쾌락처럼
허기지며 시들거린다

혼불에 달궈진 나를 갉아먹은 밤
눈 떠서야 당도하는 희멀건 나를 본다

당신

그래요
한 걸음도 다가가지 못하는 이내 마음
보고픔에 허기마저 지는
고통스러운 그런 하루하루

무수히 많은 시간을 보내버리고
이렇게 또 한 해가 가고 또 맞이하는 동안

그대는 거기에 그대로
나는 여기에 이대로
조금도 좁혀지지 않는 거리

숨 막히도록 아주 특별한 느낌으로
자신을 방어 혹은 절제하는 모습에
한없이 매료되었는지도
그런 당신을 잡힐 듯 느끼며

그래도 사랑한다

🌸 사랑은 느끼는 거라고

가슴 깊이 들어오는 신선한 밤공기
숲 사이로 불규칙하게 들리는 차 소리
사방으로 번져가는 가로등 불빛
구름 사이로 비치는 달
머리칼을 살랑이는 바람
모두 들어와 일렁이는 가슴
그 야릇함에 스르르 감기는 눈
심장의 파동이 전해지는 그런 밤

내게 자유를 주겠다던 그
살며시 다가오고는
또 몰래 가슴에 파고들다가
또 그렇게

사랑은 믿는 게 아니라
느끼는 거라고

거울

10년 전의 내면의 모습 또 10년 전의 내면의 모습
변함없는 그대로

10년 후의 내면의 모습 또 10년 후의 내면의 모습
또한 그대로일 터

내면의 모습과 거울 속의 모습이 함께 하지 못하는
서글픔이란
자기 연민에 그만 눈물이 날 것 같구나

아- 봄날 아지랑이처럼 아른아른 영원하지 못할
내 젊음이여

나를 느낄 수 있도록

누군가가 눈을 감을 때
나를 기억할 수 있도록

누군가가 음악을 들을 때
나를 떠올릴 수 있도록

누군가가 잠을 이룰 때
나를 느낄 수 있도록
있도록

🌼 걸어가 보자

힘들고 지칠 때 곤란하여 회피하고 싶을 때
이미 내 머릿속은 탈출구를 찾고 있었다

비닐 막이 드리워진 공간에 갇힌 듯 희미하게 보이는
저 밖 세상은 마치 내 세상인 것만 같았지
막상 깨고 나오면 반복적으로 느껴지는 감정들
저마다의 이기심은 자신이 중심인 양
그 중심들은 늘 충돌하고 만다

그래
어쩌면 그 모난 중심들이 깎이고 깎여서 동그랗게
이 세상을 함께 굴려가고 있는지도 모르겠다

오늘을 위로하며 또 한 번 걸어가 보자

너 없는 봄날

바람이 분다
너의 부드러운 입김이 바람이 되어
내 볼에 내 가슴에 스친다

너 없는 봄날
홀로 외로이 숨죽여 침묵해야만 했던 시간들
널 위한 내 음악은 노래가 되고 시가 된 가슴 아린 시간들

소리 없이 뺨을 흐르던 눈물도 이젠 말라져 가는 걸까
포기할 수 없었던 건 무엇이었을까
난 무엇을 위해 이리도 긴 시간을 붙잡고
그리움에 기다림에 목말라했는지

점점 높아만 지는 저 푸른 하늘로
구름이 떠내려간다
다시 올 수 없는 붙잡을 수도 없는 너의 마음처럼
그렇게
4월의 꽃잎은 내 눈물과 함께
바람에 아프게 지고 있다

PART VII

동시대를 함께 공유했던 당신과 나
그리고 우리들의
풍요의 시간은 그렇게 흘러가 버렸다

🍀 용인 가는 길

아주 오래전 봄날
용인 가는 길

버스 차창 밖으로 파스텔톤의 형형색색
엑센트 차가 빼곡히 내 시야에 들어왔다

상상한다
엑센트를 타고
선글라스에 스카프 휘날리며
신나는 음악과 함께
그에게 달려가는 꿈을

그렇게
삐삐의 추억만큼 흐릿해진 그 기억 저편에
난 이미 그곳으로 달려가고 있다

🌸 내게 열중해 봐

흔들린다는 것은 살아있다는 것임을
좀 더 내게 열중해 봐
내가 흔들리지 않게
네게 열중할 수 있도록

바람이
아픔을 슬픔을 시리게
쓸고 지나간다

그 바람 피하지 마
더 깊게 열중해 봐
네게 더 열중할 수 있도록

언젠가의 노을 지금의 자리
언제나 그 자리에 머물러 있는 것은 없어

음악의 선율처럼

너의 말은 세레나데처럼 달콤했고
곧 사라질 거품이었다

나의 말은 이슬처럼 위태롭고
한 가닥 바람으로 그렇게 흩어졌다

너와 나의 말은 언제나 그러했고
널 그리는 음악의 선율처럼 아릿하다

🌸 님의 숨결

님의 숨결 내 심장에 머물 것 같은 설레는 이 밤
오늘 밤도 너를 숨죽여 바라볼 뿐

산산이 부서지는 마음속 언어
가슴속 상처이어라

어제의 속삭임

어제의 속삭임은

마취된 순간의 알싸함에 오늘에 나를 마비시켜 버렸다

다시 누군가의 손을 잡고 누군가의 햇빛에 이끌려

그 열정에 가까이고 싶다

고독

내게 불어오는 바람

미세하게 전해지는 그 떨림은

한정된 공간의 공허함과 고독함일 뿐

매 순간 달라지는 생활 리듬과 기분

무엇엔가 닿지 않는 마음은 참 쓰다

🍀 블루마린 향수

비가 오면 생각나는 사람처럼
음악은 추억 속을 헤매게 만들었고
오래전 쓰던 블루마린 향수는
풋풋한 모습의 나를
그리워하게 만들었다

어제의 힘겨운 고통이
오늘의 소소한 행복이 되고
내일의 희망이 되길 원해

🍀 빨간 구두의 슬픔

하늘하늘한 옷은 나프탈렌을 새로이 넣은 장롱에서
깊은 잠에 들어간다
세탁 비닐을 벗은 네이비색 프렌치코트는 참 멋스럽다
맨살로 입기엔 스커트도 긴 타이즈와 짝이 된다

알알이 박힌 큐빅 샌들, 아무 장식 없는 모던한
빨간 구두는 한여름 반짝 스타다
곧 검정 구두에 밀려나고 만다
그런 검은색은 늘 당당하다

신문을 돌돌 말아 넣은 롱부츠가 차례를 기다리는 동안
난 점점 차가워질 것이다

기다림 뒤의 그리움이여
어느 뒷모습이나 다 쓸쓸하다
그 무언가에 밀려난다는 건 슬프다

내 슬픔을 이해나 할까?

사랑은 머물러 주지 않는다

떠난다
수없이 떠난 길
돌아온다
수없이 되돌아온 길

그렇게
정면으로 마주하는 불꽃같은 사랑도
양방으로 스치는 사랑도
나 홀로 일방통행인 사랑도
막다른 골목에 다다른 사랑도
하염없이 기다려야 하는 사랑도

때론, 끝없는 정체와 지체로
그 뒷모습만 보다 지친 사랑도
잠시 비껴나
쉬어가야 할 때가 있다

사랑은 늘 그 자리에 머물러 주지 않는다

갈망

너를
야릇한 그거

현란한 불빛 사이로 끝없이 질주하고
달콤한 말 한마디에 희망을 걸고
멈출 수 없는 갈망 속에 휘청이고
억누른 가슴을 풀어헤쳐 자유롭고
두꺼운 가면에 야릇하게 유혹하고
진한 재스민 향에 혼미하게 하고
끈적한 거미 덫에 내 것이 되던 날

그러고 싶은 그런 날

 불꽃의 향연

그해 여름 해운대서 맞이한 불꽃의 향연

키다리 야자수를 닮은 불꽃이
하늘 가득 꽃을 피워
바다에 색색이 쏟아져 내린다

너의 눈 속에도 가득 담긴 불꽃
반짝이며 부서진다

언제 보아도 그 낭만의 느낌은 여전하다
불꽃이 사그라지고 나면 허전한 여운마저도

슬프도록 아름답던 그 밤
아름답다
그때의 내가 그때의 우리가

🍀 가을이 여름에게 묻는다

오늘 가을 느낌이 났어
스산한 그 느낌 참 싫더라

가을이 여름에 묻는다
지난여름에 너는 무엇을 했느냐고

"여름은 이렇게 말한다
가을 너를 만나기 위해 뜨겁게 열렬히 사랑했노라고
그리고 그 뜨거운 사랑 참 짧더라
그 사랑 서늘하게 식으면 이제 너의 몫이니

넌 식어버린 그 사랑을 어찌할지
그리고 겨울 또한 가을 너에게 묻는다면
넌 뭐라고 대답할지 궁금하다고"

여름이 가면 가을이 오듯
이 순간의 기억도 추억으로 흘러가는 것

셀 수 없을 만큼의 쉼표와
많은 감정의 느낌표
이젠 미련 없는 단 한 번의
마침표가 중요하다고

끌림

자꾸만 반복적으로 듣게 되는 음악처럼
너의 끌림도 언젠가 시간이 흐르면
지금의 오랜 그리움
슬픔 또한 사라질 거란 걸 잘 알아

다시 돌아온 익숙한 봄의 향기
설레면서도 애달파
어찌하지 못하는 감정들

우린 왜
그토록 많은 시간을
공유했을까?

말 말

누군가의 진실의 말
누군가의 거짓의 말

진실과 거짓 사이에
오해를 말할까?
협박과 충고 사이에
우정을 말할까?

과거의 과오와 사생활을
검증이라 말할까?
미래의 비전과 콘텐츠를
검증이라 말할까?

백지에 오물을 탓하리
흑지에 오물을 탓하리

상대의 얘기보다는
자신의 얘기만 해도
시간이 없다는 것을
비난이 아닌 비전을

바보상자의 위력

화석화된 창의력 없는 작가들의
아직도 풀지 못한 출생의 비밀
익숙하게 소비하며
또 막장에 열광하는 우리

이슬만 먹고 화장실도 안 갈 거 같은
이미 환상이 깨진 연예인

그들의 사생활을 이유도 모른 채
안방에서 멍하게 지켜보는 우리

남녀의 짝짓기 중매 노릇을 하고
온갖 오디션과 노래에 미쳐있는 나라
먹거리가 넘쳐나는 시대에 먹방은 또 뭔가
배움과 깨달음을 주는 유익은 어디에

같은 콘텐츠를 따라 하며 발전도 반성도 없다
다큐멘터리도 없고 스페셜함도 없다

비로소 느끼는 일상의 배경이 된 바보상자의 위력

나는 바보다 나는 바보가 됐다

🍀 욕망의 속삭임

진짜의 마음에 마력으로 위장한 가짜 마음이 현혹해
빠지지 마 늪일지도 모를
흔들리지 마 바람일지도 모를

거부할 수없이 휘어감은 욕망의 속삭임
밤의 지배 속에 오늘도 위태롭게 안기네

🍀 고속버스를 타고

오랜만에 고속버스에 몸을 실어
언제 사라졌는지 모를 숨 막혔던 45석 버스
버스 특유의 냄새로 머리가 아팠던 기억
우등 28석 널찍한 공간 쾌적한 실내공기
모바일 예매와 바코드가 기본인 세상

주말 1박일 텐데
늘 변하지 않는 언제나처럼
남자는 핸드폰과 지갑만 달랑달랑
여자는 핸드백과 옷 가방이 한짐
머릿속엔 이미 완성된 드레스코드
다 입어보지도 못할 거면서

그리고
휴게소 10분의 짧은 휴식시간
모두들 핸드백에서 몇몇 좌석엔 전화기까지
자리에 놔두고 버스에서 내린다
나 또한 그리해본다

오래전엔 상상도 할 수 없었던 광경
서로가 믿는다는 무언의 표식 같았다
이런 기분 좋은 경험에
가슴이 따듯해졌다

🌸 서점 안

나지막이 재즈 음악이 흘러나오는 서점 안
또독또독 여기저기서
책을 꽂는 소리
사락사락 손 벨 듯 날카로운
책 넘기는 소리가 가득하다

책을 꺼내어 의자에 앉아
한참을 본다
페이지를 넘길 때마다 나는
새 책 냄새에서 난생처음 받아본
초등학교 때 새 국어책 냄새가 났다

그리고
점점 멀어지는 책 또 안경을 잊었다

인생 이게 다인가요?

인생 이게 다인가요?
뭐가 더 있을 거 같은데
인생 이게 다인가요?
생로병사로 끝나는 것인가요

갈수록 시간은 쏜살같아
나이 들어가는 건 싫지만
주말이 빨리 오길 바라는 아이러니함

희미해지는 시력만큼
갈수록 머리는 흐리멍덩해지고 있어

살기 위해 인간을 솎아내는 만큼
감정 소모는 줄어가고 있어

사랑의 열병을 앓던 시기도 이미 지난 듯
평온하다
지독하게 찬란한 삶은 아니어도
심장은 뜨거웠다

🍀 시적 허용 속에서만

도심 속 작은 공원에 놓인 벤치와
발목 사이로 부는 선선한 바람

도시의 일몰이 지는 풍경은
작은 안식을 주면서도 쓸쓸하다

길가엔 수많은 은행 가로수
은행이 때구루루 지뢰밭을 이룬다

발에 차일까 밟을까 아무도 관심을 두지 않아
노랗고 예쁘게 물든 잎에만 눈은 취하지

으스름한 고요 속 파고드는 헛헛한 외로움
소란스런 세상 속 밀려오는 막연한 절망감

시적 허용 속에서만 떠다니는 난 행복할 수 있어
시적 허용 속에서만 자유로운 난 웃을 수 있어

나를 사랑하는 시간

초판 발행일 2024년 7월 25일

지은이 **김현희**
발행인 **김미희**
펴낸곳 **몽트**

출판등록 2012.12.20 제 2014-0000-38호

주소 **안산시 상록구 화랑로 513 2층 24호**
전화 **031-501-2322** 팩스 **031-501-2321**
메일 memento33@menthebooks.com

값 15,000원
ISBN 978-89-6989-102-0 03810